池　畔

草間時彦句集

草間時彦句集　池畔（ちはん）

木の卓にレモンまろべりほととぎす　『中年』

襟のみ正し産月の身の白浴衣

勤めの身は

冬薔薇や賞与劣りし一詩人

瓜の花夫婦かたみに倖待つも

百貨店めぐる着ぶくれ一家族

佃島

橋わたる焼藷屋台犬ともなひ

逢ひに行く開襟の背に風溜めて

遠き榆の野分してをり雨帽子

横浜・康治居

鷗来ぬ康治夫人が干す足袋に

冬薔薇や非情身に添ふ事務机

秋鯖や上司罵るために酔ふ

勝彦いづみ結婚賀

初蝶と見しがたちまち巴なす

バーを出て霧の底なる吾が影よ

うそ寒くゴルフ談義の辺に侍すも

手袋白し森に遊べる一少女

細川加賀論

椎の花友の境涯もてあそぶ

菊の香や父の屍へささやく母

露寒や今朝ややや伸びし死者の髯

霜の鶏頭父を愛せし女《ひと》幾人

自転車を父子下り立ち春の雁

馬車の荷の百花に風や復活祭

運動会授乳の母をはづかしがる

下北行

えんぶりの笛恍惚と農夫が吹く

鱈食へば下北半島吹雪くかな

雪女郎が来るよ白鳥を従へて

妻が言へり杏咲き満つ恋したしと

掌に満てり音のさみしき胡桃たち

瞳上げ顎引き新入社員が吾に礼す

若さとも老ともも妻の白上布

スープ煮る腰高鍋の去年今年

京都　二句

冬の坂を下る波郷や肩傾げ

蓮牛蒡嚙めばたやすくしぐるるよ

公魚をさみしき顔となりて喰ふ

赤倉行

信濃愉し木の根つ子から秋風湧き『淡酒』

畳屋の肘が働く秋日和

黄八丈色に石蕗咲き妻が着て

八つ手の実停年以後の人さまざま

松山城

天守まで聞ゆ農夫の花見唄

中学入学鞄が重く頸ほそく

とろけるまで鶏煮つつ八重ざくらかな

木戸川鮭漁

鉄橋を夜汽車が通り鮭の番

文学少女が老いし吾が妻茨の実

膝厚き義母を訪ひをり十二月

塩打ちし寒鰤の肌くもりけり

広島

原爆ドーム子雀くぐり抜けにけり

倉敷

橋渡ることの愉しさ柳の芽

むし鰈焼かるるまでの骨透けり

夕ざくら墓地を買はねば死ねざるを

どの窓を明けても山や胡桃和

日だまりは婆が占めをり大根焚

笹山に日のさざなみや春祭

焦茶が似合ふ夫婦となりて鵙の昼

年越や使はず捨てず火消壺

メーデーの日は

夕風も五月の窓や誕生日

暮れてより白きあやめの盛りかな

梅雨深ししみじみふかし青木賊

鵙の音のあと透き通る吾が身かな

朱欒むく母の乳房を剥くごとく

母の忌の桜紅葉や妻の辺に

水霜と思ふ深息したりけり

十一月二十一日　石田波郷死す

黄落の真つ只中の亡骸ぞ

通夜

煮大根を通夜の畳の上に置く

告別式

冬の朴を見上げては人去りゆけり

冬晴の棺出で行きしあと掃くも

酔うて何かつぶやきし吾も除夜も更けぬ

土くれは霰まみれや寒牡丹

忍冬亭

郁子の実の乾びきつたる小雪かな

二月二十八日　深大寺

喪の百日明けよと降りぬ春の雪

復活祭椿太枝折りて挿す

さうめんの淡き昼餉や街の音

忍冬亭

幹見えて夜涼の朴のかなしさよ

鎌倉や松の手入を谷戸の音

柚子の香に素早く日暮来たりけり

菊なます口中冷えて来たりけり

茶が咲いて肩のほとりの日暮かな

十一月二十一日

風追つて舞ふ落葉あり師の忌なり

水湊や石に腰かけ日暮待つ

和解して枉げし心や若布和『櫻山』

忍冬亭

家裏に廻る夕日や花みづき

妻が佇つ枝垂桜の向う側

花冷や嶺越えて来し熊野鯖

壬生狂言太き饂飩を食うべ来て

きじやうゆの葉唐辛子を煮る香かな

恋せむには疲れてゐたり夕蜩

月代や少し前行く妻の肩

朝寒のベーコン炒めゐたりけり

足もとはもうまつくらや秋の暮

十二月五日

菊焚きてモーツアルト忌の夕べかな

小豆粥すこし寝坊をしたりけり

訪飯田龍太

竹林に入りて遊べる羽織かな

黒茶家　二句

きびなごの身の透く寒や旅の箸

寒鰈箸こまやかに食うべけり

菜飯食ひ少しふとりしかと思ふ

空冷えて来し夕風の辛夷かな

水音もあんずの花の色をして

咽喉太き牛をあんずの花の中

宿の湯を貰ひに農婦杏咲く

山国の空に游べる落花かな

訪阿波野青畝

萩青し深き言葉をみちすがら

落鮎の皮のゆるびて大いなる

山葡萄ひと日遊びて精充ちて

熟れ柿を剥くたよりなき刃先かな

白湯一椀しみじみと冬来たりけり

鰭酒や停年てふは忌み言葉

暦売るリア王のごと地に坐して

南天や酒しづかなる妻の父

天竜峡　四句

枯れざまの馥郁として国境

寒鯉やたかし歩みし道辺にて

霜除の藁かぐはしや鶯巣《うぐす》駅

十能の火のめでたさよ氷柱宿

塔の会伊豆行

しろがねのやがてむらさき春の暮

早春やうすくれなゐの旅の空

四月一日　白陀居

庭先へ廻りてひとつ草の餅

牡丹に息を濃くして近寄れる

浦島草夜目にも竿を伸ばしたる

新牛蒡あぶらは胡麻の匂ひけり

顔入れて顔ずたずたや青芒

甚平や一誌持たねば仰がれず

十月二十三日

カザルスが逝きて部厚き露の闇

父の忌の鶏頭老いてみにくさよ『朝粥』

水霜の草木に心傾けぬ

煮くづれし蕪を小鉢にみぞれけり

三が日過ぎたる鯖の味噌煮かな

朝より風荒れてをり粥柱

梅咲いて寒き日つづく机かな

紅梅に靄立つことを夕べかな

塔の会御岳行

雪解靄夜に入りてなほ濃かりけり

京都

山陰線二条駅とは余寒かな

鮭色のシャツ着て春を惜しみけり

山刀伐を越え来し汗を大切に

ほととぎす夜明は旅のこころかな

みなぎりて水のさみしき植田かな

腹ふとり胸さらばへて裸かな

オムレツが上手に焼けて落葉かな

波郷忌の近付く霜の香なりけり

雪降つてうすずみいろの厨かな

雪降つてしめ鯖の塩濃くなるぞ

魚屋の荷に雪降つて金目鯛

牡丹鍋よごれし湯気をあげにけり

風邪の眼に日向ぼつたり在りにけり

だらしなく酔ひて四温の帽子かな

いつまでも春の暮なる岬かな

南天の花の向ぅの庭木かな

簗掛の水をなだめてゐたりけり

佳き男たらむと白地着たりけり

晩菊に露の凝りたる喪なりけり

立食ひの蕎麦の湯気より死者の声

時を経て皺生れたる熟柿かな

まつすぐに落つ雨の日の朴落葉

追悼記ばかり書きをり十二月

味噌汁におとすいやしさ寒卵

蒸鮨や新派観にゆく話など

ときをりの汐の香の春隣かな

鳥雲に修羅の遊びの月日かな

かぎりなく花散ることの肌身かな

俳句文学館成る

花冷の百人町といふところ

身辺のいま素直なる木の芽かな

むかしあるところに春の狐かな

愚直なる色香の蘇芳咲きにけり

膝折ればわれも優しや二輪草

好色の父の遺せし上布かな

迎へ盆夕風夜風吹きにけり

血圧がすこし高くて曼珠沙華

みそそばの信濃の水の香なりけり

冬近し千六本の大根汁

俳句文学館勤めは

ネクタイをする日しない日いてふ散る

老い母やとうとうたらり屠蘇の酔

新季題とよ

あやとりや窓の景色の東山

飛竜頭のなかのぎんなん冬ごもり

白妙の湯気の釜揚うどんかな

大寒や五臓のなかの肝の臓

寒梅のもう一息で咲く蕾

早春やすみれの色の砂糖菓子

さくらしべ降る歳月の上にかな

むらさきの花の天あり桐畠

立ち出でて裾しわくちゃの浴衣かな

水底を水の流るる寒露かな

橋暮れてかりがねの空残りけり

マロニエの落葉一枚づつ愉し

初冬や妻の遊びの茶碗蒸

十一月二十一日　波郷忌

寸伸ばす八つ手の花よ師の忌なり

伊賀

山見えて滅法寒き厠窓

鬱の日が三日つづきぬ榛の花

鶯や丹波篠山風の中

村山古郷さんへ

鳴立庵海見えて花濃かりけり

エリカ咲くひとかたまりの濃むらさき『夜咄』

葛切やすこし剰りし旅の刻

このところ働き過ぎの団扇かな

すさまじく人を愛せし昔かな

さみしくて帚木の実を食べて酔ふ

奥会津

駅があり家四五戸あり枯野かな

行年を膝のあたりで見失ふ

錦小路麸屋町角の寒鰈

売れ残る魦の凍ててしまひけり

東寺

ひろげたる荷にまた風や真綿売

水割の水にミモザの花雫

すぐ上を向く青芒活けにけり

逢ふことのたのしき浴衣着たりけり

九月五日　小池文子帰国

秋風の巴里より戻り来たりけり

柏崎

風垣の裾くぐり出て女の子

減塩も減量も無理初湯かな

色欲もいまは大切柚子の花

雁過ぎしあとむらさきの山河かな

菊供養並木の藪に立ち寄りて

もてなしの秋の炬燵に妻の父

夜咄や夢てふ文字のくづしやう

こだはらず妻はふとりぬシクラメン

寒鮭を煮てゐるらしき妻の鍋

右かれひ左ひらめの余寒かな

鉄線花にほどよき雨の降つてをり

京都

鱧食べて夜がまだ浅き橋の上

恋をしてゐるにはあらぬ白地かな

御僧は父の世よりや汗手貫

なめくぢをつまみ捨てたるあとの指

燃えるごみ燃えないごみや年の暮

埋火や恋句あはれの七部集
冬至までひと日ひと日の日暮かな
水割に始まる年酒宥されよ
月曜は銀座で飲む日おぼろかな
通夜の鮨まぐろが赤き夜寒かな

汝が髪の風と遊べる花野かな

芋の葉の露うつくしやふつかよひ

煮びたしの菜にまづ箸を黙阿弥忌

年の豆噛みつつアガサ・クリスティー

天丼の大きな海老や春休み

さうめんや妻は歌舞伎へ行きて留守

玉三郎ぎらひがひとり氷水

土用鰻息子を呼んで食はせけり

身の程に気付きし秋の深さかな

脳味噌のどこか欠落年の暮

蓬萊や海を見に行く佐多岬『典座』

栗漬のこはだ所望の客ひとり

ぼけることおそろしこはし実千両

昼過ぎて旅を戻りし新茶かな

よく晴れて五月カレーが食べたき日

昼寝しに暑き二階に上りけり

茶事

底紅の花と遊べるひと日かな

好色たりし父　貞淑たりし母

人の世に男女のありて秋彼岸

十月二十七日

朝夕のめつきり冷えて源義忌

かぐはしき荒磯のありてお元日

おほぶりのひでひら椀の三が日

あたたかし脚組み替へて待つことも

少し派手いやこのくらゐ初浴衣

肝よりも腎のあやしき残暑かな

桔梗一枝狐がくはへ来たりけり

風雨三日種茄子らしくなりにけり

胡桃嚙むバッハは真面目過ぎていや

十一月二十一日　石田波郷十七回忌　二句

綿虫や忌もなつかしの深大寺

茶が咲いて波郷没後の歳月よ

大阪

初ゑびすせうことなしの寒さにて

痛風が出さうな雪が降りさうな

あぶらげと煮るいんげんの土用かな

蚊遣火や選句稼業は背をまるめ

みちのくは雲のけはしき居待かな

醍醐寺は大きなお寺十三夜

引際の大切の秋深みけり

千倉

冬濤の打込んでくる机かな

初冬や今宮さんのあぶり餅

おしやべりな籠のカナリヤ三が日

まゆ玉や嘆かひの詩の万太郎

香典を少しけちして蜆汁

冬近き思ひのなかの膝頭

顔見世や百合根ふつくらお弁当

短日の出前のカレーうどんかな

とんとんと年行くなないろとんがらし

蓬萊や海を間近に逗子葉山

簡易保険満期となりし薄暑かな

嫁さんのカレーを食べて薔薇の昼

死ぬまでは着るつもりなる上布かな

ふんはりとジャケツ一枚旅鞄

大磯

鴫立庵しぐれ冷えしてゐたりけり

岸田稚魚逝く

訃報あり冬のブランコ揺れてをり

孫 梢子

初雛の大き過ぎるを贈りけり

バーテンと客のおしやべり春の雪

税金が返つてくるよ桃の花

忘れものしさうな日なり濃山吹

甲府

農鳥岳《のうとり》に雪の来てゐしワインかな『盆点前』

漁師町茄子苗売の来てをりし

露霜の背中がふつと不安なり

このごろは野暮用ばかり三の酉

寝る前の白湯一碗や冬はじめ

初蝶やわが七十のスニーカー

嫂《あによめ》のうつくしかりし祭かな

石田波郷 二十三回忌

花八つ手生き残りしはみな老いて

北京にて

夜蛙や異国といへど同じ文字

癌おそろし雨が霙にかはりつつ

どぜう屋に席を見付けし祭かな

浅草

おもひではうゐのおくやま春惜しむ

京都

宵山の囃子の中で逢ふことも

盆点前庭面いよいよ茂りたる

そのむかしをんなあそびや絹糸草

アスコットタイに落葉の千駄ヶ谷

浅草

焼海苔でお酒を貰ふ余寒かな

日盛やおつかないのはひつたくり

汗の襯衣《シャツ》脱げばわたしは羽抜鶏

おとろへてあぢさゐ色の齢かな

コンソメを冷やす時間の月見草

いやなことばかりの年の茅の輪かな

東吉野村

月白もなく上りけり後の月

底冷の波郷忌らしくなりにけり

山田みづえ居

煮てくれし冬至南瓜や納め句座

立ちくらみしてかがみたる竜の玉

浅草寺

浅草におほつごもりの昼の酒

戦争はもうごかんべん除夜詣

五色豆卓にこぼれし淑気かな

夫婦老いどちらが先かなづな粥

老いざまのかなしき日なり実千両

蛍火のふと止りたる老の肌

夢の世の闇うつくしや蛍狩

じぶ椀を熱くあつくと雪起し

あたためてありし夜寒のお取り皿

牡蠣食べてわが世の残り時間かな

栗鼠どもは恋の気配や午祭

人死んでまた死んで年新たなり

なづな粥時彦老いてこぼしけり

老の春なにか食べたくうろうろす

ブランチや桃の花咲く日曜日

惜春や喜寿には喜寿の思ひごと

松風のときをり高き茅の輪かな『瀧の音』

ぼけかけし夫婦に茄子のこむらさき

孫二人それでたくさん鳳仙花

老人の日や敬ひて呉れるなよ

くらがりにころげ落つるよ秋の暮

黄落や窓より洩るるスープの香

大根煮る湯気が幸福老夫婦

京都南座十二月興行

顔見世や北はしぐれてゐるらしく

風呂敷にくるむ字引や漱石忌

あぢさゐの青き翳さす障子かな

白地着て折目正しく老いにけり

ねんごろに贋端渓を洗ひけり

海の音野分の音となりにけり

奈良県東吉野村にわが句碑成る

千年の杉や欅や瀧の音

素十に似し男が来るよ雁木道

夜霧濃き一夜賜る年の暮

黒豆の箸をこぼれし淑気かな

恋の座の狼藉となる初懐紙

吾が歳の傘寿自祝の豆ご飯

メイストーム千切れむばかり薔薇ゆれて

偶感

椎の花波郷の弟子のばらばらに

なにごとも歳の蒼朮焚きにけり

華麗なる寝莫蓙の上の齢かな

鬱の日は何もせぬ日やねずみもち

梶の葉にぴんぴんころり願ひけり

ひぐらしに肩のあたりのさみしき日

老後とは死ぬまでの日々花木槿

糸造りさよりの春の来たりけり

ふれし手をふれをるままにあたたかし

やすらかに死ねさうな日や濃山吹

散る前の折目崩れし牡丹かな

解きほどく結び目固き粽かな

梅雨深く葱だくさんのぎようざかな

アロハ着て傘寿と喜寿の夫婦かな

秋袷病めば身細う着たりけり

草紅葉介護一級よろよろと

グラタンの天火が赤し牡蠣洗ふ

草萌えてドボルザークが聞きたき日

蕗を煮る辛くからくと鉄の鍋

すぐ散つてしまふポピーを買ひにけり

秋刀魚焼く死ぬのがこはい日なりけり

沢木欣一さん逝く

菊の雨こつちが先と思ひしに

泥まみれ落葉まみれやトルストイ

年寄は風邪引き易し引けば死す

羽蟻の夜死後のあれこれ指図して

ずぶずぶと梅雨に沈みて睡りけり

八十のわがまま宥せ坐禅草

『瀧の音』以後

七月十七日

たまたまの初鯛や喜雨亭忌

おいぼれにあらず吾こそ生御魂

新盆や鬼房敏雄と男達

妻に残す金いくばくの残暑かな

無季

また誰か逝けり時彦忌はいつぞ

弟子よぼよぼ波郷三十三回忌

露しぐれ芭蕉と同じ灸据ゑて

三里に灸据ゆるより、松島の月まづ心にかゝりて……
『おくのほそ道』

破滅型詩人絶えたり芋嵐

ふりかへりだあれもゐない秋の暮

初氷空ねんごろに青かりし

年よりが白湯を所望やお元日

息子が押す正月二日の車椅子

耳遠き夫婦冬夜の物語

寒紅梅夕暮艶となりにけり

あとがき

今までに上梓した八冊の句集から、三七九句を選んで一集とした。約五三年間にわたるものである。

幼いころ鎌倉で暮らし、横浜国大付属小学校に通った。扇が谷から八幡さまを抜けて通うのだが、子供には少々遠い距離である。そこで、八幡さまの池のほとりでひと遊びすることになる。このごろしきりに思い出されることで、集名としたゆえんである。

まとめたあとで、また俳句ができる。もう一冊くらい句集を出したいと思い始めている。

急な仕事であったにもかかわらず、編集は西嶋あさ子さんが快く引き受けてくれた。厚くお礼を申しあげる。

平成十五年五月一日　草間時彦

著者略歴

草間時彦（くさま・ときひこ）

大正９年５月１日、東京生。水原秋櫻子、石田波郷に師事。昭和51年「鶴」同人を辞し、以後、主誌を持たず無所属。俳句文学館運動に専心。社団法人俳人協会事務局長、同理事長を歴任。現在俳人協会顧問。国際俳句交流協会顧問。句集８冊。俳論集『伝統の終末』『私説・現代俳句』『近代俳句の流れ』、随筆集『淡酒亭歳時記』『淡酒亭断片帖』など著書多数。『日本大歳時記』（講談社）『俳文学大辞典』（角川書店）の編集に携わる。第２回「鶴」賞、第14回詩歌文学館賞、第37回蛇笏賞受賞。

＊句集製作年代

1 中年 昭和25年――40年 昭和40年刊
2 淡酒 昭和40年――45年 昭和46年刊
3 櫻山 昭和46年――48年 昭和49年刊
4 朝粥 昭和48年――53年 昭和54年刊
5 夜咄 昭和53年――59年 昭和61年刊
6 典座 昭和59年――平成元年 平成４年刊
7 盆点前 平成元年――９年 平成10年刊
8 瀧の音 平成９年――13年 平成14年刊

発行　二〇〇三年六月二〇日　初版発行
著者　草間時彦©
発行人　山岡喜美子
発行所　ふらんす堂
〒182-0002 東京都調布市仙川町一―九―六一―一〇二
TEL（〇三）三三二六―九〇六一　FAX（〇三）三三二六―六九一九
句集　池畔　ふらんす堂文庫
URL : http://www.ifnet.or.jp/~fragie　E-mail : fragie@apple.ifnet.or.jp
振替　〇〇一七〇―一―一八四一七三
装丁　君嶋真理子
印刷所　トーヨー社
製本所　並木製本
ISBN4-89402-557-4 C0092